Los patitos pasean

Los libros ¡Me gusta leer!™ han sido creados tanto por reconocidos ilustradores de libros para niños, como por nuevos talentos, con el propósito de infundir la confianza y el disfrute de la lectura en los pequeños lectores.

Queremos que cada nuevo lector diga: "¡Me gusta leer!"

Puede encontrar una lista de más libros de la colección Me gusta leer, en nuestra página de internet:
HolidayHouse.com/MeGustaLeer

Los patitos pasean

Emily Arnold McCully

¡Me gusta leer!™

HOLIDAY HOUSE • NEW YORK

Copyright © 2020 by Emily Arnold McCully
Spanish translation © 2020 by Holiday House Publishing, Inc.
Spanish translation by Eida del Risco
All Rights Reserved
HOLIDAY HOUSE is registered in the U.S. Patent and Trademark Office.
Printed and bound in March 2020 at Tien Wah Press, Johor Bahru, Johor, Malaysia.
The artwork was created with pen and ink and watercolors.
www.holidayhouse.com
First Spanish Language Edition
Originally published in English as *Little Ducks Go*, part of the I Like to Read® series.
I Like to Read® is a registered trademark of Holiday House Publishing, Inc.
1 3 5 7 9 10 8 6 4 2

Library of Congress Cataloging-in-Publication Data

Names: McCully, Emily Arnold, author, illustrator.
Title: Los patitos pasean / Emily Arnold McCully.
Other titles: Little ducks go. Spanish
Description: First Spanish language edition. | New York : Holiday House,
[2020] | Series: ¡Me gusta leer! | Audience: Ages 4-8. | Audience:
Grades K-1. | Summary: Mother Duck is on the run trying to keep her
ducklings safe.
Identifiers: LCCN 2019039886 | ISBN 9780823446872 (paperback)
Subjects: CYAC: Ducks—Fiction. | Animals—Infancy—Fiction. | City and
town life—Fiction. | Wildlife rescue—Fiction. | Spanish language
materials.
Classification: LCC PZ73 .M371556 2020 | DDC [E]—dc23
LC record available at https://lccn.loc.gov/2019039886

Los patitos pasean.

¡Cuidado, patitos!

Los patitos se caen.

Mamá mira abajo.
—¡Cua! —dice ella.
Los patitos miran arriba.
—¡Pip, pip! —dicen ellos.

Los patitos nadan.

Mamá corre.

Mamá mira abajo.
—¡Cua!
Los patitos miran arriba.
—¡Pip, pip!

Los patitos nadan.

Mamá corre.
Los autos vienen.
¡Cuidado!

Mamá está a salvo.

Mamá corre.
Los patitos nadan.
—¡Pip, pip!

Los patitos paran.
Mamá también para.
Pide ayuda.

Pero el hombre se va.

Mamá mira abajo.

—¡Cua! —dice ella.
—¡Pip, pip! —escucha ella.

Se sienta.

El hombre vuelve.

Los patitos suben a la red.

¡Están a salvo!

Los patitos vuelven a casa.
—¡Pip, pip, pip,
pip, pip, pip!
—¡Cua!

¡Me gusta leer!

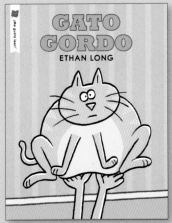

GATO GORDO
ETHAN LONG

Tengo un jardín
Bob Barner

Veo un gato
PAUL MEISEL

¡A mí no!
Valeri Gorbachev

MIRA CÓMO CORRO
Paul Meisel

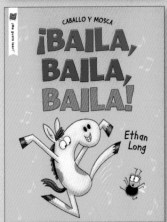

CABALLO Y MOSCA
¡BAILA, BAILA, BAILA!
Ethan Long

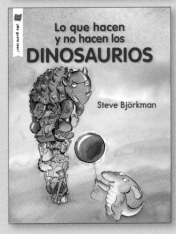

Lo que hacen y no hacen los
DINOSAURIOS
Steve Björkman

Gato feliz
Steve Henry

MOMO
Ethan Long